달의
뒷면을 보다

달의
뒷면을 보다

고두현 시집

민음의 시 215

민음사

10년 만이다.
오래 벼렸더니
둥글어졌다.

사는 일
사랑하는 일
군말 버리니
홀가분하다.

2015년 가을
고두현

차 례

1부 천년을 하루같이

2부 쌍계사 십 리 벚꽃

3부 삼포 로터리

1부
천년을 하루같이

초행

처음 아닌 길 어디 있던가

당신 만나러 가던
그날처럼.

천년을 하루같이
—— 물건방조어부림 1

그 숲에 바다가 있네
날마다 해거름 지면
밥때 맞춰 오는 고기

먼 바다 물결 소리
바람 소리 몽돌 소리
한밤의 너울까지 그 숲에 잠겨 있네

그 숲에 사람이 사네
반달 품 보듬고 앉아
이팝나무 노래 듣는

당신이 거기 있네
은멸치 뛰고 벼꽃 피고
청미래 익는 그 숲에 들어

한 천년 살고 싶네
물안개 둥근 몸
뽀얗게 말아 올리며

천년을 하루같이
하루를 천년같이.

달의 뒷면을 보다
— 바래길* 연가 · 섬노래길

송정 솔바람해변 지나 설리 해안 구비 도는데
벌써 해가 저물었다

어두운 바다 너울거리는 물결 위로
별이 하나 떨어지고
돌이 홀로 빛나고
그 속에서 또 한 별이 떴다 지는 동안
반짝이는 삼단 머리 빗으며
네가 저녁 수평선 위로 돛배를 띄우는구나

밤의 문을 여는 건 등불만이 아니네

별에서 왔다가 별로 돌아간 사람들이
그토록 머물고 싶어 했던 이곳
처음부터 우리 귀 기울이고
함께 듣고 싶었던 그 말
한때 밤이었던 꽃의 씨앗들이
드디어 문 밖에서 열쇠를 꺼내 드는 풍경

목이 긴 호리병 속에서 수천 년 기다린 것이
지붕 위로 잠깐 솟았다 사라지던 것이
푸른 밤 별똥별 무리처럼 빛나는 것이

오, 은하의 물결에서 막 솟아오르는
너의 눈부신 뒷모습이라니!

* 바래길: 옛날 남해 어머니들이 물때에 맞춰 바지락이나 파래, 미역 등 해
 산물을 채취하러 다니던 길. '바래'는 바닷가에서 해초나 어패류를 채집
 하는 일 또는 그 사람을 뜻한다. '제주 올레길'처럼 남해 섬을 한 바퀴
 따라 걷는 '남해 바래길' 코스가 아름답다.

너를 새기다

─ 바래길 연가·앵강다숲길

다랭이마을에서
앵강다숲길로 접어들 때
너는 말했지

필사(筆寫)란 누군가를 마음에 새겨 넣는 일
그 속으로 가장 깊이 들어가는 것

일흔 괴테와 열아홉 울리케가 밤마다
먼 입맞춤을 봉인하던 마리엔바트의 비가처럼
나도 몸속 나이테 깊이 너를 새겨 넣을 수 있다면,

버드나무 하늘하늘 부드럽게 흔들리는
그 가지 한 줄기씩 바람에 새겨 넣을 수 있다면,
책갈피 넘길 때마다 한 소절씩
네 속에 빗살무늬 노래를 그려 넣을 수 있다면,

해변의 나무들이 일제히 몸을 뉘일 때
그쪽으로 고개 돌리는 네 흰 목덜미
그 눈부신 악보를 받아 적을 수 있다면,

그때까지 차마 못한 첫 모음의 아아아 둥근 그
사랑의 음절들을 온전히 다
너에게 새겨 넣을 수 있다면,

층층계단 다랭이논길 따라
앵강만 달빛이 흥건하게 우릴 적시던
그날 밤의 긴 여로처럼.

수련(睡蓮)

단 사흘 피기 위해
삼백예순 이틀
잠에 든 널 보려고

아침마다 벙글었다
저물녘 오므리며
나 그렇게 잠 못 들었구나

물 위로 펼친 잎맥
연초록 윤기 좋지만
물 밑에선 자줏빛 슬픔
오래 견뎠지

남모를 뿌리 아래로만 내려
연못 바닥까지 닿는 동안에도
햇살은 제 몸 넓이만큼 세상 비추고
나는 네 물관 타고 몸속만 오르내렸구나

이토록 깊은 잠이 너를

딱 한 번 깨우고 사라지기까지.

동전을 줍다

너도 나처럼 한때는 누구 손에서
땀에 젖은 숫자를 세며 마음 졸이고
또 한때는 그리운 사람의 음성 타고
전화박스에서 몸을 떨기도 했겠지.

앞서 간 사람들 숱하게 밟고 간 흙바닥에
풀 죽어 묻혀 있던 너를 보는 순간
얼마를 기다렸을까.
어머니 돌아가시기 전
사람이 다 지 아래를 보고 사는 거라……

키 큰 나무 올려다볼 때마다
손금 사이로 나직나직 말을 건네는 너.
오, 우리에게도 등불처럼 두 손 오므리고
함께 노숙의 밤을 밝히던 그런 시절이 있었네.

혼자 먹는 저녁

곰칫국
밥 말아 먹다
먼 바다 물소리 듣는데

저녁상 가득 채우는
달빛이 봉긋해라

가난한 밥상에도 바다는 찰랑대고
모자라는 그릇 자리 둥근 달이 채워 주던
그 밤의 숟가락 소리

달그락거리며 쓰다듬던
곳간의 밑바닥 소리

이제는
잔가시 골라 건넬
어머니도 없구나.

거룩한 상처

왼쪽 새끼손가락 끝동
보일 듯 말 듯
실 흉터 하나

꼴 베다 다친
유년의 낫칼

어떻게 알았을까
살면서 제 살 베는 일 많을 거라고
더러 제 잎에 버히는 날도 있을 거라고

아침저녁 세수할 때
휴일 나절 손톱 깎을 때
낯모르는 사람과 악수할 때
나도 몰래 두 손 모으는 법
가르쳐 주려고
머리끝서 발끝까지
부드럽게 어루만지며

살다가 더는
제 발등 찧는 일 없을 거라고
위로하며 기도해 주는

내 몸 중 가장
겸손하고
거룩한 흉터.

뒤꿈치

그렇게 가지런히 모으고 있으니
참 따뜻하지? 이제 갓 낳은 달걀
솜털 둥지 기댄 모습
뽀얗고 둥근 복사꽃 향기 너
봄날 오후 단잠보다 부드러워라

딱딱하고 울퉁불퉁한 세상
남몰래 제 등짝에 굳은살 박이느라
티눈처럼 뾰족하게 주목받지도 못하면서
뒷감당 혼자 하느라 얼마나 힘들었을까

앞걸음 밀고 갈 때 한 겹씩 벗겨지고
뒷걸음 물러설 때 두 겹씩 굳어지다
마침내 생의 가장 끝자리까지 밀려나
누구보다 단단해진 너

걸음 배운 뒤 한 번도
정면으로 보지 못하고
뒷눈으로만 비춰 보던 세상

보드라운 이불 밑으로 반쯤 비어져 나온
저 성스러운 발의 맨 얼굴.

팔꿈치

어깨 다쳐 한쪽 팔로
편지 쓰다 보았네

무엇이든 한쪽만 쓰면
멍이 들게 된다고

팔꿈치 양쪽 모두
굳은살 타고 난 사연.

봄날 밥상

푸른 배추
달빛 반찬
어여쁜 수젓가락

바람 국물
찰진 메밥
모락모락 익는 동안

어스름 저녁 길을
풀잎 벗고 나온 벌레

빈 그릇 달그락대며
상추쌈에 올라앉는

애틋해라 세상에서
가장 넓은 봄날 밥상.

집 우(宇), 집 주(宙)

천자문 처음 배울 때
아버지는 왜 그렇게 천천히 발음했을까
집 우(宇)
집 주(宙)

남해군 서면 정포리 우물마을
유자나무가 많은 그 마을에선
우물에서 유자 향이 났고
꿀 치는 벌통에도 유자꽃이 붕붕 날아다녔다

먼 북방 땅까지 가는 동안
젊어지고 간 집과
따뜻한 남쪽까지 오는 동안
벗어 놓고 온 집
모시밭 한가운데 부려 놓고

흙 볏짚에 물을 주는 아버지
수건 벗어 먼 데 보며
하시던 말씀

한 그루만 있어도 자식 공부 다 마친다는
저 유자나무, 대학나무 없어도
집만 잘 앉히면 된다고
네가 곧 집이라고

해 질 녘 밥때 넘길 적마다
장모음으로 일러 주던
옛 집터에 와 생각노니
왜 그때는 몰랐을까

내가 그토록 가닿고 싶었던
바다 건너 땅 끝에서
여태까지 가장
오래 바라본 곳이
바로 여기였다는 걸.

아버지의 빈 밥상

정독도서관 회화나무
가지 끝에 까치집 하나

삼십 년 전에도 그랬지
남해 금산 보리암 아래
토담집 까치둥지

어머니는 일하러 가고
집에 남은 아버지 물메기국 끓이셨지
겨우내 몸 말린 메기들 꼬득꼬득 맛 좋지만
밍밍한 껍질이 싫어 오물오물 눈치 보다
그릇 아래 슬그머니 뱉어 놓곤 했는데
잠깐씩 한눈팔 때 감쪽같이 없어졌지

애야 어른 되면 껍질이 더 좋단다

맑은 물에 통무 한쪽
속 다 비치는 국그릇 헹구며
평생 겉돌다 온 메기 껍질처럼

몸보다 마음 더 불편했을 아버지

나무 아래 둥그렇게 앉은 밥상
간간이 숟가락 사이로 먼 바다 소리 왔다 가고
늦은 점심, 물메기국 넘어가는 소리에
목이 메기도 하던 그런 풍경이 있었네

해 질 녘까지 그 모습 지켜봤을
까치집 때문인가, 정독도서관 앞길에서
오래도록 떠나지 못하고
서성이는 여름 한낮.

못 다 쓴 연보

아버지는 왜
간도 얘길 한 번도 안 했을까

어릴 때 양자 들어 구름 같은 집과 땅
찬바람 북향에 다 날리고
중년 넘어 타박한 길 공복으로 건너온 뒤

왜 한 번도 안 했을까
대통 마디 쫘악 쪼개며
그놈 옹골차게 굵었구나
속 실하게 비워야 마디도 단단하제
딴소리만 하시더니

그렇게 속 다 비우고
지난 생 마디마저 없애고
중학에 들어가던 그해 딱
회갑 맞춰 돌아간 그 속 다 알지 못해
끝내 비워 놓은 그 시절
나의 연보.

미완의 귀향

출향한 지 십 년 넘거든
맨몸으로 오지 말라
금의환향 아니라면
나라 뺏긴 슬픔보다
남 땅에 헛뿌린 씨보다
더한 일 있어도 오지 말라

명치끝에 찔러 둔
지침이라도 있었는지
고향 땅 밟기 전 십 년을 저어하며
기다린 가슴에 못이 박혔는지
국치 이후 딱 기억상실증에 걸렸는지

길 위에서 여태
서성이고만 있는 아버지.

푸른 흉터

— 중현초등학교에서

1학년 겨울 책보따리 어깨 메고
필통 소리 짤랑짤랑 경운기를 만났다가
먼지바람 몰래몰래 친구들 다 태우고
운전석 넘보다가 헛발 경중 아차차차

발목부터 뒤통수까지 나를 밟는 바퀴 자국
정포 마을 그 아저씨 죄 없는 가해자 되어
울 엄마 지청구에 약방 의원 태워다 주며
흰 쌀밥 미역국까지 미안타 미안타

정포 천(川) 칼바람에 엄마는 나를 업고
상한 발 더 시릴라 몸뻬 속 넣어 주던
어릴 적 학교 길을 다시 찾아 갔더니만
폐교된 운동장 가 해송만 나부끼고

남해 서면 우물마을
정포 지나 회룡 입구
경운기 소리 경쾌하던 그 길 따라
외로 멘 책보따리 필통 소리 요란하던

까까머리 손수건도 그땐 듯 나풀나풀
어머니 몸뻬 속이 또 이리 따뜻하여
남 몰래 허리 굽히고
오래된 발목 흉터
혼자서 만져 보노라니.

어머니 핸드폰

야야 아엠에프가 다시 왔다냐 다들 와 이럴꼬
옛날엔 생선 함지 하루 종일 다리품 팔다
남은 갈치 꼬리 모아 따순 저녁 묵었는데

야야 춥고 힘들어도 그때만 하겠느냐
니 동생 준답시고 배급빵 챙겼다가
흙 묻을라 바람 마를라 오매불망
신발주머니에 넣고 오던 그 맘만 있어도 견딜 테니

아엠에픈가 뭐신가 그때보담 안 낫겄나
그런데 그 얘기마저 다 하자믄 끝없으니
이따가 나중 허자 핸도폰 값 올라간다.

2부
쌍계사 십 리 벚꽃

바래길 첫사랑

깊고 푸른 바닷속
그리운 사람에게

편지 몰래 건네주고
막 돌아오는 길인가 봐

얼굴 저렇게
단감 빚인 걸 보면.

독일마을에 가거든
—— 바래길 연가·화전별곡길

남해 독일마을에 가거든
다정하게 손잡고 언덕길 오르면서
푸른 바다 붉은 지붕 예쁘다 예쁘다

환상의 커플에 나온 철수네 집도 좋고
배롱나무 라일락 원추리 튤립 장미
온갖 꽃 만발한 원예예술촌도 좋지만

그리움의 종착역에 등장하는 파독 간호사
천길 갱도에서 까맣게 웃던 흑수광부
탄가루에 박힌 별 같은 사연도 보고 오세요

'지하 1000미터 아래에서 배웠다
끝나지 않는 어둠은 없다는 것을.'
파독 광부 신병윤 씨의 친필 명언

아침마다 외치던 소리
글뤽 아우프(Glück Auf·살아서 올라오라)! 글뤽 아우프!
그리운 고향과 가족, 자신에게 하던 약속들

새로 생긴 파독전시관서 앳된 처녀 여권 사진과
고국에 보낸 송금 영수증, 월급 명세서
손때 묻은 흑백 영상 보고 나면 눈물 쏟게 되지요

향긋한 풀잎지붕 꽃담길 지나 언덕길 끝나는 그곳
사랑하는 사람과 다정히 손잡고
그 마을에 함께 가거든 꼭.

그 숲에 집 한 채 있네
— 물건방조어부림 2

그 숲 그늘 논밭 가운데 작은 집 하나
방학 때마다 귀가하던 나의 집

중학 마치고 대처로 공부 떠나자
머리 깎고 스님 된 어머니의 암자

논둑길 겅중 뛰며 마당에 들어서다
꾸벅할까 합장할까 망설이던 절집

선잠 결 돌아눕다 어머니라 불렀다가
아니, 스님이라 불렀다가

간간이 베갯머리 몽돌밭 자갈 소리
잘브락대는 파도 소리 귀에 따숩던

그 집에 와 다시 듣는 방풍림 나무 소리
부드럽게 숲 흔드는 바람 소리 풍경 소리.

먼 바다 기억 속을 밤새워 달려와선

그리운 밥상으로 새벽잠 깨워 주던

후박나무 잎사귀 비 내리는 소리까지
오래도록 마주 앉아 함께 듣던 저 물소리.

팽나무를 포구나무라고 부르는 까닭
── 물건방조어부림 3

어떻게 숲 전체가 천연기념물로 지정됐을까
오래된 일이지만 예전부터 궁금했지.
이 숲 속 팽나무를 우린 포구나무라고 배우며 자랐지.
소금기에 강해 포구(浦口)에서 쑥쑥 큰다고.
포구 열매에선 늘 풋내가 났지.
푸조나무는 어때? 오래오래 푸근하고 넉넉하고
편안한 그늘 드리워 준다고 그렇게 불렸대.
이팝나무 꽃은 입하 무렵에 피지. 흰 쌀밥 닮은 이팝
꽃잎.
고봉밥처럼 풍성히 피어야 풍년 든다고 아버진 말씀하
셨지.
아 보리밥나무도 있네. 씨 모양이 보리밥 같아 그렇게 부
르는
보리수나무, 보리똥나무, 볼레나무……
그러고 보니 모두 먹는 타령이군.
비바람 해일 풍랑 다 막아 주고
긴 숲 그림자로 물고기까지 불러들이는
물건방조어부림에 와 보면 왜 그런지 알게 되지.
그 숲 참느릅나무 그늘 아래 숨죽이고 앉아

손가락 걸어 본 사람들은 이미 다 아는 사실이지만 말이야.

노도(櫓島)*의 봄
—— 바래길 연가·구운몽길

이제 초옥을 떠나야겠다.
탱자나무 울타리 헤치고
허리등배미 기슭 따라
뭍으로 가야겠다.

앵강만 물비늘 타고
봄빛 짙어 오니
엉겅퀴 억새 뿌리
더운 피 도는구나.

저 건너 벽련까지
뱃전 부딪는 물떼새야
극빈의 파도 너머
샛바람 노 저어라.

위리안치 삼 년 만에
산천경계 다 바뀌고
죽기를 가르치며

살기를 배웠으니

이제 구운몽을 다시 쓰자.
노지나묘등은 내 집이 아니다.
한 삼백 년 지난 뒤엔
사씨남정기도 잊히리라.

효성 바칠 어머니도
유배 간 조카들도
모두 떠난 봄 바다에
무엇을 기다리리.

용문사 대나무숲
통째로 메고 가자.
해풍에 뒤틀린 솔도
등걸째 업고 가자.

성진아 저 큰 바다

힘차게 노 저어라
살아 다시 못 디딘 땅
내륙으로 가자 가자.

그 먼 나라의 피서법

— 바래길 연가·서포의 화폭

관폭도 걸어 두고
잘 견디시는지요
올여름

폭포수 얼음벽에
튀는
물보라

등줄기
하얗게 타고
지붕엘 오르시면

다시 또
펼쳐 드릴게요
어머니, 설경산수.

풍천(風川)에는 장어가 없다

고향이 풍천이라고 했지
지도에는 없는 곳
해풍이 불어오는 강 하구는
어디나 고향

풍천에서 풍천을 꿈꾸네

그 옛날 댓잎장어
여린 몸에 심장 붉게
헤엄쳐 오르던 길
온몸 가득 알 품으러 다시 가네

여름 내내 이곳에서
몸속의 담수 빼고
염도 높이다 보면
지느러미는 황금빛으로 물들지

만 리 길 떠나기 전 몸빛부터 바꾸는 건
아무것도 먹지 않고 아홉 달 가는 노정

심해에 닿을 때까지
암수한몸 거룩한 운명

그래서 내게
바다는 자궁, 민물은 모유
풍천(風川)에서 모해(母海)까지
일생을 오가는 길에 나는 없고

선운사 인천강 어귀에도 나는 없고
한 마리 기름진 암컷이 되기 위해
댓잎 같은 수컷이 되기 위해
해마다 산란을 준비하며

풍천에서 또 풍천을 꿈꾸네.

장어의 일생
— 기수역(汽水域)에서

바닷물과
민물이 만나는

이곳에
머무는 동안

내 이름은

바다장어인가
민물장어인가.

다시 풍천(風川)을 위하여
── 댓잎장어

풍천에 닿기 전까지
온몸이 투명할 것
심장만 바알갛고
나머지는 보이지 말 것

풍천에 닿을 때까지
몸 비우고
마음 비우고
눈만 맑게 헹굴 것

담수를 만나는 순간
무엇보다
염도를 낮출 것
소금기를 전부 뺄 것.

쌍계사 십 리 벚꽃 1

산수유 매화 지고
동백꽃 피기 전에
그대와 함께 가고 싶은 길 있네
화계 십 리 쌍계사 벚꽃

연오랑 세오녀와
견우직녀 손 맞잡고
그리운 봄밤의 은하
달빛 아래 걷고 싶네

길은 한 줄기
꽃은 두 줄기
설레는 눈빛끼리 손금 세듯
부드럽게 휘어지며 팔짱을 끼면

하늘 가득 쏟아지는 꽃잎무리
저만치 앞장서서 몸을 합치고

이렇게 봄날 몇 해 기다린 뒤에야

꽃 지고 필 때마다 우리 함께 가자고
비로소 고백하며 걷고 싶은 그곳
쌍계사 밤 벚꽃 십 리 길.

쌍계사 십 리 벚꽃 2

쌍계사 벚꽃길은 밤에 가야 보이는 길
흩날리는 별빛 아래 꽃잎 가득 쏟아지고
두 줄기 강물 따라 은하가 흐르는 길

쌍계사 벚꽃길은 밤에 가야 빛나는 길
낮 동안 물든 꽃잎 연분홍 하늘색이
달빛에 몸을 열고 구름 사이 설레는 길

쌍계사 벚꽃길은 둘이 가야 보이는 길
왼쪽 밑동 오른쪽 뿌리 보듬어 마주 잡고
갈 때는 두 갈래 길, 올 때는 한 줄기 길

꽃 피고 지는 봄날 몇 해를 기다렸다
은밀히 눈 맞추며 한 생을 꿈꾸는 길.

별을 위한 연가

한 사람이 평생
가꾼 숲을
누군가 일순간에
베어 버리고

한 은하가 잠깐
밝힌 빛을
누군가 일생 동안
바라보며 산다.

오늘 같은 저녁은 왜

일주일은 왜 7일이고
요일도 왜 일곱 개인가요

이집트에선 해 뜨는 시간이 하루의 시작이고
중동에서는 일몰이 시작이고
동양에서는 자정이 시작이라는데

바빌로니아 태음력은 1년이 364일이어서
3년에 한 번씩 세금을 더 내기도 했다는데
4억 년 전엔 지구의 하루가 21시간이었다는데
해도 1년에 402번이나 떴다 졌다는데

왜 일주일은 7일이고
요일은 일곱 개뿐인가요
당신을 기다리는 한 달의 크기도 들쭉날쭉한가요

이런 날
하루에 아침이 세 번이면 안 되나요
은밀하게 손금 나누는 저녁은 왜 한 번밖에 없나요

오늘처럼 둥근 달이

일곱 빛깔 무지개 우산을 들고

4억 년 만에 마중 나온 밤에는 왜.

황금빛 가지

선운사만 그런 건 아니더군
동백이 왜 땅을 보고 피는 건지

내소사만 그런 건 아니더군
백목련이 왜 북향으로 피는 건지

꽃만 그런 게 아니더군
마음은 왜 밖으로만 뻗는 건지.

저무는 우시장

판 저무는데

저 송아지는
왜
안 팔아요?

아,
어미하고
같이 사야만 혀.

진경

어스름 산골
마당 고요한데

바람 자고
빈 나무 한 그루

밤새 누가 다녀갔나
대빗자루 흔적 위로

눈은 없고
발자국만 남았네.

몰입

한여름
선방

모기
한 마리

탁

입적하기
직전.

창세

갈수록
짧아진다

떠나온 길에서
돌아갈 곳까지

날마다 좁혀지는
행성의 간격

사백 년 전
처음 본

갈릴레오
망원경

그곳에서 출발한
너라는 별.

3부
삼포 로터리

삼포 로터리

황석영 '삼포(森浦) 가는 길' 아니에요
돌아갈 고향 같은 거 포기한 지 오래
강원도 바닷가 삼포 아니고
세종 때 개항한 삼포(三浦) 아니고
인삼 키우는 삼포(蔘圃)도 아니고
세 겹 처마 삼포(三包)는 더욱 아니에요

껍데기 없는 민달팽이세대
바늘구멍 뚫지 못한 삼진아웃 낙타세대
꼬물꼬물 주억거리며
송파 거여 마천 다단계학교
막장 강매 합숙소까지 기어 왔는데
더 겁나는 게 있겠어요.

단속 경찰도 한 말씀 쏘네요
삼포에 삼포끼리 이건 뭐
포기하고 자실 것도 없는
만포(萬抛)세대구먼 그래.

성(聖)수요일의 참회

1904년 6월 15일 수요일, 뉴욕 이스트강
제너럴 슬로컴호에 불이 붙었다.
선장은 애들 말이라며 믿으려 하지 않았다.
불은 휘발유 창고로 번졌다. 선원들은 허둥댔다.
소방 호스는 다 썩었고 구명정은 철사로 꽁꽁 묶여 있
었다.
다급해진 부모들은 아이에게 구명조끼를 입혀 물로 던
졌다.
떠오르는 아이는 없었다. 구명조끼가 모두 불량이었다.
1342명 중 1031명이 죽었다. 대부분이 소풍 나온 교회
신자였다.

110년 뒤, 2014년 4월 16일 수요일
진도 앞바다가 뒤집혔다.
선장은 애들에게 움직이지 말라고 지시한 뒤 탈출했다.
선원들도 앞다퉈 배를 버렸다. 구명정은 꽁꽁 묶여 있
었다.
아이들은 구명조끼를 입은 채 기다렸다.
476명 중 304명이 수장됐다.

거기엔 없었다.

1852년 버큰헤이드호의 세튼 대령도

1912년 타이타닉호의 스미스 선장도 없었다.

뭍에서 3킬로미터밖에 안 되는 그곳에는

아무도 아무도 없었다.

헤아릴 수 없는 비극의 밑바닥에 못을 긁어

슬픔을 기록할 사람도 없었다.

젖은 빵을 씹던 가롯 유다의

흔적조차도 그곳엔.

김밥천국

천 원짜리 한 장이면

미얀마 소아마비 아이 다섯 구하고
캄보디아 지뢰밭 삼분의 일 제곱미터 걷어 내고
아프가니스탄 어린이 다섯 명에게 교과서와
방글라데시 아이들 스무 명에게
피 같은 우유 한 컵씩 줄 수 있고
몽골 사막에 열 그루의 포플러를 심을 수 있다는데

종로1가 커피빈 화사한 불빛 그늘
반들반들 참기름 두른
천 원짜리 김밥집에서
연거푸 두 번이나
천국의 문을 넘는
나의 목구멍이여.

직립

발레리나 강수진과
축구 선수 박지성과
피겨 여왕 김연아를 보면서
비로소 알았다

더 많이 넘어질수록
더 많이 일어서는
뒤꿈치의 힘

오호
걸음마 배울 때
이천 번도 넘게 넘어졌다
또 일어나던 기억.

빗장비

마른하늘
번쩍

후려치는
죽비

먹장 너머
싸리비

수천 수만
장대비

오달지게
뜨거운

삼복염천
빗장비.

입춘대설(立春大雪)

눈 펑펑

뽀드득 하늘

잠깐 스친 네 눈빛에

미끄러지는 지구의 축.

문자 메시지

글자 본디 소리 없고
전파 또한 보이지 않는데

이 짧은 진동 하나에

하루 종일
흔들리는 나.

마우스에게

하고 싶은 말
그리 많으면서
어떻게 참았을까

뜨거운 손바닥 안에서
밤새 몸만 자꾸
달아오르던 그대
입 없는 입.

아버지가 컴맹인 이유

애야
난 아무리 해도

더블클릭이 안 되는구나……

네토피아 가상 제국

신촌에서 신선설농탕 먹고
이대 후문 프린스턴스퀘어에서 미국 시를 읽다가
을지로 3가 양미옥에서 곱창 먹고
홍대 앞에서 캘리포니아 와인 마시는데

중동에서 이슬람 순례객 몇백 명이 깔려 죽고
북핵 6자회담은 결렬 위기에 봉착했으며
뉴욕 월스트리트에선 성난 황소가 객장을 짓밟는다고
옛날짜장에 양파 속살 찍던 한 독거노인이 알려주었다

잘못 누른 마우스가 이런! 주둥이 함부로 놀렸다고
창을 휙 닫아 버리자 그도 홀연 사라지고
떨어뜨린 단무지 밑으로
내일 신문 활자들이 굵게 찍혀 나왔다.

절묘한 사이

양지 바른 나뭇가지
참새 떼
쪼르륵

바닷가 성벽 위
갈매기 떼
끼루룩

햇살 눅을 때까지
줄지어
앉아

딱 제 몸만큼 유지하는
저 그림자의
간격.

하늘에 쓰다

낙타가 남긴 건가
사막이 남긴 건가

앞서거니
뒤서거니

가다 서다
멈춘 자국.

합궁

강 건너 문호리
수평으로 뻗는 불빛

달 푸른 금곡리
수직으로 꽂히는 별빛

그 강물에 누워
알몸으로 젖는 밤

남한강 둥근 팔이
북한강 허리 감고

배꼽 한가운데
쑥뜸처럼 연꽃 밀어올리는

두물머리
우주의 신방.

자기 앞의 생

우리
걸음마 배울 때
넘어졌다 일어선,

난생
처음 편지할 때
썼다가 지운,

그
생각할 때마다
감았다 뜬 눈.

그사이
오므렸다 벌린
무수한 입.

너를 품다

새벽이슬 끝
꽃 피는 소리 듣다

눈 감고
아랫배 만져 본다

오 태반처럼
바알간 봉오리

아장아장 웃는
너의 발가락.

뒷짐

앙증맞게 뒷짐 지고
놀이터 천천히 걸어가네
다섯 살 녀석

맨손으로라도
짐일랑 뒤에 져야 무겁지 않다는 걸 아는지
보이지 않는 것도 무게가 있다는 걸 아는 건지
건너편 혼자 노는 또래
풍선 공 탐이 나는지
저도 한번 굴려 보고 싶어
무슨 궁리를 하는 건지
남에게 말하기 전에 곰곰
생각해야 한다는 걸 알기라도 하는 건지
빈손은 항상 뒤로 감춰야 한다는 걸
깨닫기라도 한 건지 원,

먼발치서 어른들이
뒷짐 지고 빙그레
보고 있는 것도 모르고 참!

하룻밤에 아홉 강을 건너다

강물처럼 부드럽게
황하처럼 격렬하게 몸을 흔들며
그녀가 열하일기를 읽어 준다.

강물 소리는 들리지 않는다. 낮에는 능히 물을 볼 수
있는 까닭에 눈이 온통 위험한 데로만 쏠려서 바야흐로
부들부들 떨려 도리어 그 눈이 어디 있음을 근심해야 할
판인데 어찌 물소리를 들을 수 있겠는가? 이제 내가 한밤
중에 강물을 건너매, 눈에 위태로움이 보이지 않자 위태로
움이 온통 듣는 데로만 쏠려서 귀가 바야흐로 덜덜 떨려
그 걱정스러움을 견딜 수 없었다…… 강물로 땅을 삼고 강
물로 옷을 삼고 강물로 몸을 삼고 강물로 성정을 삼아 마
음에 한 번 떨어질 각오를 하고 나자 내 귓속에 마침내 강
물 소리가 들리지 않았다. 무릇 아홉 번을 건넜으되 아무
걱정 없는 것이, 마치 앉은자리 위에서 앉고 눕고 기거하는
것만 같았다.[*]

하룻밤에 아홉 번을 건넜으나
보이지 않는다.

겨울에도 얼지 않는 열하의 상류
피서산장 물안개 위로
피어오르던 목소리
이제 들리지 않는다.
행간마다 흐르는 물에도
젖지 않는 옷
물 밑에서 혼자 몸 뒤트는
강심의 뿌리.

＊『열하일기』의 「일야구도하」 부분.

월영지에서 퇴계와 함께

오백 년 전 혼자 넘던 고개
이렇게 함께 걸으니 기분이 어떠세요.
선생님 구두는 여전히 경쾌 상쾌
월영지에서 재 너머까지 일정하군요.
도산서원 댓잎 닮은 학교 도서관도
저리 유쾌한데 그때
나무 아래 쉬었다 일어나며
한 말씀 하신 거 기억나시나요.

　이미 지난 세월이 나는 안타깝지만
　그대는 이제부터 하면 되니 뭐가 문제인가.
　조금씩 흙을 쌓아 산을 이룰 그날까지
　미적대지도 말고 너무 서둘지도 말게.*

꽃 피고 비 오는 날
막걸리 숭늉마다 휘휘 저어 주신 그 말씀
흙이 되고 산이 되고 잉어 되고 팔뚝 되어
눈꽃으로 쌓이는 풍경
이렇게 다시 보니 기분이 어떠세요.

달그림자 속곳 비치듯

밤새도록 낭창대는 댓잎 허리는 어떤가요.

월영지 물빛 위로 피고 지는 꽃잎처럼

무겁지도 않고 너무 가볍지도 않게 말이에요.

* 퇴계 이황의 시 「자탄(自歎)」

보리수염은 뾰족하고 보리거웃은 둥글다

— 보리밭 화가 이숙자 그림 「이브」

중산동 보리밭에서 보았다
파랗고 노랗고 보랏빛 나는 수염들이
저 둥근 알에서 나온 것이었다니

그의 손끝이 닿자
밭두렁에 피가 돌았다
오돌토돌 낟알 사이로 햇살이 반짝였다

돌가루와 보석가루를 빻아 만든
암채의 알몸들이 웅얼웅얼 일어섰다
바람이 산들 이랑을 밀어내자

홍해가 갈라지고 보리밭이 벌어졌다
벗은 그녀의 머리카락에서 꽃이 피었다
부드러운 거웃이 물결에 출렁였다

어깨가 둥근, 꽃판이 둥근, 허리가 둥근
엉덩이가 둥근, 알이 둥근
이브의 배꼽에서 어린 수염이 자라났다.

4부

죽녹원 대숲

첫눈

닿는 건
순간이지만

머무는 건
오래인

저 다리미 속
잉걸불.

바람난 처녀

남해 금산 정상에서
산장으로 내려가다
화들짝 돌아보니

봄바람에
치마꼬리 팔락이며
구름꽃 피워 올리는
얼레지* 한 무더기

칠 년 전 저 길
오늘처럼 즈려밟고
가신 어머니
수줍은 버선코.

* 얼레지의 꽃말은 '질투'로 많이 알려져 있으나 '바람난 처녀'로도 불린다.

못자리

못자리 무논 내다가
아버지 자주 바라보시네

잠방잠방 물길 잡다가
허리 펴고 또 보시네

못줄 옮기며
새참 드시며
탁배기 사발 너머로

뭘 그리 자꾸 보실까

깨금발로 따라 보던
백능산 중턱

저 둥글고 따뜻한
천수답 못자리.

죽녹원 대숲

내 이름은 순(筍)
어리고 연한 싹
나무도 풀도 아니면서
나이테까지 없네.

그래도 밤마다 키는 부쩍 자라
험한 바람 빗물 씻길 때마다
속 비우며 단단해지지
꽃은 좀처럼 피우지 않아
어쩌다 한 번 피면
온 대밭 다 밝히고
마침내 진 빠져 죽고 말지.

죽어선 바람벽 되고
참빗 되고 대창 되어
꼿꼿하게 살아나지만
새 뿌리도 마디에서 나고
새 순 또한 마디에서 돋고
땅 속 줄기마저 옆으로 뻗는 이유

봄밤 그대 속에 들어
순하게 새싹 틔워 보면
또 알게 될까.

혼자는 외로워
함께 서서 솟는 죽(竹).

이 비 그치면

비 그칠 줄 모르는군요
남녘 바다에서 온몸 물방울 달고 오신 손님
어깨 흔들 때마다 싱그러운 물보라
장마처럼 쏟아지는 꽃비

당신 슬픔 때문에 내 슬픔 두 배가 되듯
언젠가 당신 기쁨으로 내 기쁨도 배가 되리라 믿습니다
다음 세상 4차원, 5차원, 무한차원에서도
당신으로 인해 내 산이 커지고
나로 인해 당신 바다가 넓어질 것을 믿습니다

고통에도 뜻이 있다지요
슬픔에도 뜻이 있을 겁니다
그 눈물, 그 수액의 물관들이
당신 나이테마다 갈볕처럼 따글한 꽃을
다시 피우리라는 믿음 말입니다.

정포리 우물마을

물처럼 바람처럼
흘러 본 사람들은
알았을까

흙에서 와 흙으로 가는
물처럼 바람처럼 강처럼 바다처럼
스스로 길이 되어 흐르는 사람들

남해 서면 정포리 우물마을에서 보았다
윗물과 아랫물이 서로 껴안고
거룩한 몸이 되어 반짝이는 땅

봄마다 다시 돋는 쑥뿌리 밑으로
우렁우렁 물이 되어 함께 흐르며
연초록 풀빛으로 피어나는 사람들.

백양나무 숲에 들어

나도 알몸이 된다
희고 미끈한 허리
서로 닿지 않을 만큼
이 절묘한 간격

밤 깊어 새벽 별 조는 사이

몰래 오줌 누는 처녀 옆에 빙 돌아선
울타리처럼 온 숲이 몸을 가리더니
그 속에서 가장 젊은 나무 하나
다른 나무에게 가만가만
몸 부비는 모습
밤마다 그렇게 돌아가며
한 그루씩 아이를 낳는다는 걸

백양나무 숲에 알몸으로 든 뒤
나는 보았다

왜 나무들이 저만큼의 간격으로

떨어져 서 있는지
햇살이 서걱서걱 그 사이를
벌려 놓는 한낮에는
어떻게 잔뿌리들이 땅 속에서
은밀하게 손 뻗는지

그 속에서 밤을 새운
뒤에야 알았다.

잠언

잠언을 읽다가
잠이 들었다

잠 속에서
탁,
어깨를 치는 소리

그러니
애야

아무 데서나
언잠 자지 말아라.

거룩한 구멍

한 입이

밥을 먹고
말을 뱉고
혀를 놀려
죄 짓는 동안

또 한 입이

밥을 삭이고
말을 거두고
혀를 오므려
용서를 비는구나.

달빛, 창, 은행나무

은행나무 가지 사이
둥글고 흰 달

밤새도록 노랗게
잎 물들이고는

짐짓 고개 돌리다
창문 흘기는

저 은밀한
눈길 좀 봐.

두 개의 칫솔

봄 햇살 따뜻한
욕실 창에 기대어
부드러운 솜털
서로 간질이며
까르륵까르륵
웃음꽃 피워 올리는
새내기 커플 한 쌍.

아주 특별한 기별

오백여 년 전 함경도에서 보낸 편지

분하고 바늘 여섯을 사서 보내네.
집에 못 다녀가니
이런 민망한 일이 어디에 있을꼬 울고 가네.*

오백여 년 후 지척에서 보내는 편지

설렁탕 국물하고 도가니 사서 보내네.
택배가 소화전에 넣어 뒀다니
이런 사태가 어디 있을꼬 아릿하네.

활자밥 종잇살 사이로 야근하는 밤
몇 번씩 판갈이하며 문자 보내니
햐, 오백여 년 후 신문에 날 일이네.

* 15세기에 함경도 군관으로 부임한 나신걸(羅臣傑)이 부인 신창 맹씨(新昌
孟氏)에게 보낸 한글 편지 일부.

운석의 고향

이억 오천만 년 전
에베레스트만 한 운석이
남극대륙을 강타하자
시베리아 북쪽의
화산이 폭발했다

이억 오천만 년 후
포대기만 한 손바닥이
엉덩이를 때리자
정수리 한복판의
숨구멍이 뚫렸다

맨발로 걷다가
팥알만 한 돌조각이
밟힐 때마다
지구 반대쪽 어딘가
운석의 고향이 궁금해진다.

와우산(臥牛山) 길

홍대 옆 와우산길로
이사한 뒤 배가 불렀다.
굶어도 고프지가 않았다.
소가 누워 있으니
마음껏 먹은 뒤 되새김질만 해도
배가 부르지 않겠는가

그 옛날 먹지도 못하고
허기진 사람들이 서둘러 지은
아파트가 와우, 무너졌다는 이 동네가

예술의 전당 옆 잠자는 소
우면산 있는 부자동네보다
풍요로워 보였다.

오죽하면 날마다 첨단 패션이
소 여물죽처럼 끓어 넘치고
금요일 밤에는 노랑머리
소 꼬리 치듯 춤까지 추며

먹지 않아도 배부르니

이 산 동쪽에 있었던 쌀 창고
광흥창(廣興倉) 앞마을이라고
이름까지 창전동(倉前洞)이니
그도 그럴 만하지 않은가.

뿌리가 뿌리에게

싯딤나무
성막

깊은 것은

어디서나
믿음이 됩니다.

남해 앞바다의 물결 소리여,
이 땅의 서정 시인이여

이승하(시인·중앙대 문창과 교수)

고두현 시인께

고형의 시집 원고 뭉치를 받아들고서, 예전에 낸 『늦게 온 소포』를 읽고 서평 「모국어의 아름다움을 아는 이의 시」를 썼던 해를 생각해 보았습니다. 2000년이니 15년 전이네요. 그 글에서 저는 언어의 절제, 가락의 유지, 사투리의 적절한 구사, 온고이지신의 정신, 불교적 세계 인식 등 다섯 가지를 말했었지요. 동년배 시인들조차도 실험 정신의 기치를 높이 들고 있을 때 행해진 서정(抒情)과 서경(敍景)에의 천착은 아름다웠습니다. 두 번째 시집 『물미해안에서 보내는 편지』를 옆구리에 끼고 고형과 함께 물미해안을 찾아가 권커니 잣거니 술을 마신 것도 어언 10년 전 일입니다. 아니, 첫 시집을 등단 7년 만에 낸 것이야 뭐 그럴 수도 있는 일이지만 세 번째 시집을 10년 만에 내다니, 아무리 생활이 형을 속일지라도 이렇게 과작일 수가…….

아, 해설문 서두부에서 비난을 일삼다니, 말이 안 되는 일이지요. 사실은 제가 원고 뭉치를 지하철이나 통근 버스에서 읽으면서 아, 이래서 10년이 걸렸구나, 2~3년에 한 권씩 내는 나 같은 사람과는 차원이 다른 염결성과 엄격한 자기 절제가 있었구나 하면서 저 자신의 성급함을 깊이 반성하는 계기가 되었습니다.

시집 원고를 읽는 동안 제 뇌리를 계속 때린 것은 『시경(詩經)』의 시편과 유리왕의 「황조가」였습니다. 공자는 우매한 군중을 깨우칠 책자 발간을 꿈꾸며 제자들을 풀어 민요의 노랫말을 수집해 오게 했지요. 3000편이 넘는 시가 중에서 305편을 가려내 엮은 『시경』에서 가장 많은 부분을 차지하고 있는 것이 '풍(風)'편의 160편이었습니다. 풍은 풍습, 풍속, 풍류, 풍기 등에 쓰이는 풍이니 남녀 간의 사랑과 이별을 다룬 연애시였습니다. 점잖은(?) 공자님께서 연애시를 좋아하여 사람들에게 널리 읽혔던 것인데, 내린 결론은 동양 최초의 시론인 '시삼백일언이폐지왈사무사(詩三百一言以蔽之曰思無邪)'였습니다. 시 300편을 사람들에게 읽으라 권하고 나중에 결과를 봤더니 생각하는 데 아무런 거리낌이 없어질 뿐 아니라 자기감정에 충실히 살게 하고(可以興), 지식(多識於鳥獸草木之名)과 통찰력(可以觀)과 국가관(可以)과 사회

비판 의식(可以怨)을 갖게 되더라는 것입니다. 세월이 흘러 유협(466~520)이 중국 최초의 시론집 『문심조룡(文心彫龍)』을 펴내는데, "시자지야지인성정삼백지폐의귀무사(詩者持也持人性情三百之蔽義歸無邪)"라고 합니다. 공자의 말이 자화자찬이 아니라고 하면서 적극 옹호한 것입니다. 『시경』의 시를 한 편만 볼까요?

標有梅　　던지나니, 매화 열매
其實七兮　그 열매 일곱밖에
求我庶士　나를 찾는 총각님네
迨其吉兮　이 좋은 날에 오시오

標有梅　　던지나니, 매화 열매
其實三兮　그 열매 셋밖에
求我庶士　나를 찾는 총각님네
迨其今兮　지금 당장 오시오

標有梅　　매화 열매 던지다가
頃筐墍之　광주리 텅 비었네
求我庶士　나를 찾는 총각님네
迨其謂之　님아 어서 말하시오

　　　　　　　　　　—「매화 열매를 던지며(標有梅)」

처녀가 매화 열매를 던지면서 총각을 유혹하고 있습니다. 총각은 처녀가 일곱 송이를 다 던져도 처녀의 속마음을 눈치채지 못합니다. 답답한 처녀는 어서 말 좀 해 보라고 시를 통해 외칩니다. "나를 찾는 총각님네(求我庶士)", 나를 찾아왔다면 무슨 신호를 보내야지, 즉 구애를 해야지 뭐하는 거요 하면서 답답해하고 있는 것입니다. "지금 당장 오시오(迨其今兮)"라는 구절은 처녀의 마음이 한껏 달아올라 있음을 말해 줍니다. 이와 같이 동양 서정시의 원류는 연애시였고, 서양에서도 서사시와 극시에 이어 나오는 서정시의 원류는 사포(Sappho)의 연애시였습니다. 이 땅 최초의 시는 「공무도하가(公無渡河歌)」와 「구지가(龜旨歌)」보다 앞선 「황조가(黃鳥歌)」였지요. 기원전 17년, 유리왕이 쓴 연애시가 기록에 전하는 최초의 시였습니다. 유리왕은 상처한 김에 두 여인을 거의 동시에 왕비로 맞아들였는데 중국 한나라에서 시집온 치희를 골천골 출신 화희가 미워하여 왕이 사냥터에 나가 있는 사이에 찾아가 모욕을 주지요. 분함을 못 이겨 국경으로 떠난 치희를 좇아 말을 타고 달려가 만났지만 그녀의 마음은 이미 돌덩이가 되어 있었습니다. 쓸쓸한 마음으로 돌아오던 유리왕이 나무 그늘에서 쉬고 있을 때 나뭇가지에 꾀꼬리 암수가 정답게 노니는 것을 보고 울컥하는 마음으로 쓴 시가 바로 「황조가」, 현전하는 최초의 서정시인 것입니다.

翩翩黃鳥　펄펄 나는 꾀꼬리는

雌雄相依　자웅이 노니는데

念我之獨　외로운 이 내 몸은

誰其與歸　누구와 함께 돌아갈까

──「황조가」

신라의 향가와 고려의 고려가요는 태반이 연애시입니다. 「춘향전」 「사씨남정기」 「배비장전」 같은 소설, 「변강쇠전」 같은 판소리는 말할 것도 없지요. 아, 쓸데없는 얘기를 너무 길게 하고 있는 듯합니다. 앞서도 말씀드렸듯 시집 원고를 읽다 보니 서정시이면서 연가가 많아서 엉뚱한 잡설을 늘어놓고 있습니다. 시집 제일 앞머리의 시부터 그렇지 않습니까.

처음 아닌 길 어디 있던가

당신 만나러 가던

그날처럼.

──「초행」

당신을 처음 만나러 가던 그날의 가슴 설렘, 혹은 부푼 기대감을 화자는 세월이 한참 흘러도 잊을 수 없습니다. 그 초행길의 감정을 생생히 품고 있기에 모든 길은 처음 길이라는 역설이 성립합니다. 우리가 매일 걷는 길도 사실은 처음 걷는 것이지요. 시의 길도 편편이 처음 쓰는 것이며 그래서 가슴은 설레고 기대감은 뭉게구름처럼 부풉니다. 시에서는 '당신을 처음 만나러 가던/ 그날처럼'이라고 말하지 않습니다. '당신 만나러 가던 그날'처럼 모든 길이 '처음'처럼 느껴진다는 것인데, 이 시구가 저만 의미심장한 것일까요. 당신을 만나러 가는 길은 설렘과 기대도 크지만, 낯선 감정도 동반되기 마련입니다. 비록 어제 만났다 할지라도 당신에게 가는 길은 언제나 초행길입니다. 당신이 있음으로 나의 존재가 당신에게 얼비치는 관계이기도 하지만 당신이라는 존재가 언제나 처음 들어선 길 같다는 의미를 품은 시편이 아닌가 합니다. 잘 알고 있는 것 같지만 낯설고, 설레지만 알 수 없는 불안을 동반하는 것이 당신을 만나러 가는 길이자, 모든 길의 속성이 아닐는지요. 아래 시에서의 연모하는 감정은 우리의 혼을 빼놓습니다.

일흔 괴테와 열아홉 울리케가 밤마다
먼 입맞춤을 봉인하던 마리엔바트의 비가처럼
나도 몸속 나이테 깊이 너를 새겨 넣을 수 있다면,

버드나무 하늘하늘 부드럽게 흔들리는
그 가지 한 줄기씩 바람에 새겨 넣을 수 있다면,
책갈피 넘길 때마다 한 소절씩
네 속에 빗살무늬 노래를 그려 넣을 수 있다면,

해변의 나무들이 일제히 몸을 뉘일 때

그쪽으로 고개 돌리는 네 흰 목덜미

그 눈부신 악보를 받아 적을 수 있다면,

그때까지 차마 못한 첫 모음의 아아아 둥근 그

사랑의 음절들을 온전히 다

너에게 새겨 넣을 수 있다면,

—「너를 새기다」에서

괴테의 50여 년 연하 소녀에 대한 구애는 성공하지 못했지만 그 연애감정 덕에 『파우스트』 후반부와 「마리엔바트의 비가」를 완성할 수 있었던 것입니다. "나도 몸속 나이테 깊이 너를 새겨 넣을 수 있다면"이라는 표현도 그렇지만 계속 이어지는 "~할 수 있다면"은 막연한 연모나 그리움이 아니라 뜨거운 사랑, 다시 말해 생명체가 꿈꾸는 가장 원초적인 에로스를 가리키는 것이겠지요. 물론 「바래길 첫사랑」이나 「별을 위한 연가」 「문자 메시지」 「마우스」 「두 개의 칫솔」 「이 비 그치면」 같은 풋풋한 사랑도 있지만 말입니다. 이 중에서는 한 편만 감상해 보겠습니다.

비 그칠 줄 모르는군요

남녘 바다에서 온몸 물방울 달고 오신 손님

어깨 흔들 때마다 싱그러운 물보라

장마처럼 쏟아지는 꽃비

당신 슬픔 때문에 내 슬픔 두 배가 되듯
언젠가 당신 기쁨으로 내 기쁨도 배가 되리라 믿습니다
다음 세상 4차원, 5차원, 무한차원에서도
당신으로 인해 내 산이 커지고
나로 인해 당신 바다가 넓어질 것을 믿습니다

고통에도 뜻이 있다지요
슬픔에도 뜻이 있을 겁니다
그 눈물, 그 수액의 물관들이
당신 나이테마다 갈볕처럼 따글한 꽃을
다시 피우리라는 믿음 말입니다.

                              ─「이 비 그치면」

　바다와 바닷가에 비가 내리고 있습니다. 장마처럼 쏟아
지는 꽃비니까 몇 날 며칠, 비도 내리고 꽃도 떨어지고 있
습니다. 이 시의 '당신'은 연인일까요 절대자일까요 자연일
까요. 분명한 것은 "다음 세상 4차원, 5차원, 무한차원에서
도/ 당신으로 인해 내 산이 커지고/ 나로 인해 당신 바다
가 넓어질 것을 믿"는다는 것이지요. 당신과 나의 경계가
허물어지고, 새로운 세계가 확장될 것을 믿는 마음이 무한
까지 뻗어 나가고 있군요. 이런 합일의 경지와 확대된 세계

가 당신과 나 사이에 존재하지만, 하나의 세계를 이루는 일은 고통과 슬픔이 없이는 가능하지 않습니다. 그래서 시인은 고통과 슬픔에도 뜻이 있다고 당신과 나를 다독거립니다. "그 눈물, 그 수액의 물관들"은 나의 고통과 내 맘속 슬픔이 야기한 빗물입니까? 그것들이 "당신 나이테마다 갈볕처럼 따글한 꽃을/ 다시 피우리라는 믿음"으로 살아가겠다고 하니, 당신의 눈물은 헛되이 버려지는 것이 아니요, 한송이 꽃을 피우기 위한 "수액의 물관"인 셈이지요. 「너를 품다」는 아무리 생각해도 남녀상열지사입니다.

새벽이슬 끝
꽃 피는 소리 듣다

눈 감고
아랫배 만져 본다

오 태반처럼
바알간 봉오리

아장아장 웃는
너의 발가락.

——「너를 품다」

이 시를, 남녀가 만나 정분이 나 혼인을 하여 육체의 합일을 이루고, 자식을 갖고, 정이 깊어지는 저잣거리의 평범한 사랑으로 이해해도 될까요. 우리는 이성을 사랑하는 것을 흔히 '눈에 콩깍지가 씌어'라는 말로 표현합니다. 그래서 사랑의 역사가 이루어지는 것이겠지요. 사랑하는 사람의 자궁에서 자라고 있는 두 사람 사랑의 결실을 만져 보는 어느 순간, 태동하는 생명체를 느끼는 것으로 저는 이 시를 이해했습니다. 우주에서 억만 겁의 우연과 필연을 거쳐 만나 사랑을 하게 된 두 사람만의 러브스토리로 생각해도 오답은 아니겠지요. '아랫배'와 '태반'과 '발가락'을 시어로 선택하여 「너를 품다」를 쓴 고형은 "보드라운 이불 밑으로 반쯤 비어져 나온/ 저 성스러운 발의 맨 얼굴"(「뒤꿈치」), "팔꿈치 양쪽 모두/ 굳은살 타고 난 사연"(「팔꿈치」), "얼굴 저렇게/ 단감 빛인 걸 보면"(「바래길 첫사랑」) 하면서 사람의 몸 어느 부분을 가리키면서 사랑의 순간을 떠올립니다. 묘사가 아주 구체적이어서 독자인 저는 충분히 실감하는 것입니다. 서울 사람들의 주요 데이트 장소인 양수리는 이렇게 묘사하셨지요.

강 건너 문호리
수평으로 뻗는 불빛

달 푸른 금곡리

수직으로 꽂히는 별빛

그 강물에 누워
알몸으로 젖는 밤

남한강 둥근 팔이
북한강 허리 감고

배꼽 한가운데
쑥뜸처럼 연꽃 밀어올리는

두물머리
우주의 신방.

——「합궁」

우주 만물은 음과 양의 조화로 움직이게 되어 있지요. 자연도 그러하거늘 우리 인간도 남은 여를, 여는 남을 그리워하게끔 되어 있나 봅니다. 이 시에서 저는 너무나도 짙은 에로티시즘을 느꼈는데, 제가 잘못 이해한 것일까요? 특히 남자는 죽을 때까지 이성에 대한 환상을 뇌리에서 지우지 못한다고 하지요. 그런데 이 시는 음양의 조화를 남녀상열지사라기보다는 자연의 순리 내지는 우주의 법칙으로 승화시켰다고 봅니다.

자, 이제 비로소, 두 번째 시를 볼까요. '물건방조어부림 1'
이라는 부제가 붙어 있네요. 형의 고향 경남 남해군의 삼동
면 물건리에 있는 '방조어부림'이 천연기념물 제 150호라고
알고 있습니다. 방조어부림은 마을의 주택과 농작물을 풍
해에서 보호하는 방풍림 구실을 하고 있으며, 길이 1500미
터, 너비 30미터 내외의 숲이지요. 이 숲에 대한 묘사가 이
렇게 시작됩니다.

> 그 숲에 바다가 있네
> 날마다 해거름 지면
> 밥때 맞춰 오는 고기
>
> 먼 바다 물결 소리
> 바람 소리 몽돌 소리
> 한밤의 너울까지 그 숲에 잠겨 있네
> ──「천년을 하루같이」에서

이곳에서 성장기를 다 보낸 형에게 물고기는 주식이었고
먼 바다 물결 소리, 바람 소리, 몽돌 소리는 자장가가 아니
었을까요. 자연은 천년을 품어도 그 모습 그대로군요. 인간
은 그 자연의 품에서 태어나 성장하고, 자손을 남긴 뒤 소
멸합니다. 그러나 그러한 사라짐이 과연 완전 '무'의 상태인
지를 이 시를 보며 생각하게 됩니다. 시에서 읽히는 시인의

생명관은 그렇지 않기 때문이지요. "물결 소리", "바람 소리", "몽돌 소리"에서 태고의 숨소리가 묻어납니다. 태곳적부터 있어 온 바다에서 듣는 바람 소리는 우주 만물의 근원 중 하나가 아닌지요. 그 바람 소리가 바로 살아생전 인간의 호흡이었다는 것이지요. 고향 노래는 다음으로 이어집니다.

그 숲에 사람이 사네
반달 품 보듬고 앉아
이팝나무 노래 듣는

당신이 거기 있네
은멸치 뛰고 벼꽃 피고
청미래 익는 그 숲에 들어

한 천년 살고 싶네
물안개 둥근 몸
뽀얗게 말아 올리며

천년을 하루같이
하루를 천년같이.

—「천년을 하루같이」에서

123

그 방풍림이 있는 마을에서 "반달 품 보듬고 앉아" 이팝나무 사이로 불어오는 바람 소리를 들으며 살아온 형은 자연과 인간이 혼연일체가 된 경지가 어떤 것인지 잘 알고 있을 겁니다. 인간이 이룩한 이 물질문명은 자연을 파괴하지 않으면 배척하지요. 도심에서 어떻게 별을 볼 수 있습니까. 흰 와이셔츠를 하루밖에 못 입는 세상에서 우리는 살고 있는데, 형은 "은멸치 뛰고 벼꽃 피고/ 청미래 익는 그 숲에 들어" 한 천년 살고 싶은 꿈을 피력합니다. 그곳에서는 천년을 하루같이, 하루를 천년같이 살 수 있으니, 시간에 얽매이지 않는 무한한 자유가 느껴집니다. 무릉도원이, 천국이 그런 곳일까요. 하지만 경험해 볼 수 없으니 이렇게 한 편의 시로 그 세계를 그려 보는 것일 테지요. 남해 바래길 연가 중 첫 번째 시편을 읽어 봅니다.

별에서 왔다가 별로 돌아간 사람들이
그토록 머물고 싶어 했던 이곳
처음부터 우리 귀 기울이고
함께 듣고 싶었던 그 말
한때 밤이었던 꽃의 씨앗들이
드디어 문 밖에서 열쇠를 꺼내드는 풍경

목이 긴 호리병 속에서 수천 년 기다린 것이
지붕 위로 잠깐 솟았다 사라지던 것이

푸른 밤 별똥별 무리처럼 빛나는 것이

　오, 은하의 물결에서 막 솟아오르는
　너의 눈부신 뒷모습이라니!
──「달의 뒷면을 보다」에서

　남해 바래길 4코스가 '섬노래길'이지요? 남해지맥 끝 빗
바위가 있는 곳 말입니다. 그곳에서 보는 달은 도회지에서
보는 달과는 다른 모양인가 봅니다. 송정 솔바람해변을 지
나 설리 해안 구비를 돌아서 보면 달의 뒷면이 보입니까.
"오, 은하의 물결에서 막 솟아오르는/ 너의 눈부신 뒷모습
이라니!"는 달의 의인화이면서 자연의 인격화라 저는 숨
이 멎는 감동에 사로잡히는 것입니다. 오늘날 이 땅에서 탄
생하는 시는 상당수 소통불능의 난해한 경지라 저는 끝까
지 읽지도 못하고 고개를 절레절레 흔들고 마는데, 그래서
'감동'을 느끼는 경우가 거의 없습니다. 감동도 깨달음도 충
격도 주지 않고 궁금증만 주는 시가 우리 시단의 '대세'라
고, 의도적으로 시를 어렵게 쓰는 것이 유행이 된 이 시대
에 형은 순수서정시의 본령을 지키고 있는 몇 안 되는 시
인 중 한 사람이라고 생각합니다. 제가 쓰고 있는 이 글을
읽고 주례사비평이라고 해도 좋습니다. 우리는 서정을 버리
고 초현실이라도, 포스트모던이라도 제대로 취한 것일까요.
야구장에서는 기교파 투수보다 정통파 투수가 인정을 받지

만 시단에서는 기교파 투수를 더욱 값지게 생각하고 있으니, 안타까운 일입니다.

어느덧 시는 아버지에 대한 추억을 더듬는 시로 옮겨 갑니다. 이번 시집에는 유독 아버지와 어머니가 나오는 시가 많습니다. 고향을 생각하다 보니 자연히 두 분을 자주 떠올리게 되었나 봅니다.

천자문 처음 배울 때
아버지는 왜 그렇게 천천히 발음했을까
집 우(宇)
집 주(宙)

남해군 서면 정포리 우물마을
유자나무가 많은 그 마을에선
우물에서 유자 향이 났고
꿀 치는 벌통에도 유자꽃이 붕붕 날아다녔다

——「집 우(宇), 집 주(宙)」에서

형의 고향마을이 남해군 서면 정포리 우물마을이라고요? 유자나무가 많은 그 마을에서 나고 자란 형은 아버지의 말씀이 잊히지 않나 봅니다. "한 그루만 있어도 자식 공부 다 마친다는/ 저 유자나무, 대학나무 없어도/ 집만 잘 앉히면 된다고/ 네가 곧 집이라고" 하신 말씀의 뜻을 지금

에 와서 깨닫게 되었다고요. 그래요, 집이 우주지요. 인간이 한평생 찾아 헤매던 유토피아가 알고 보니 아침마다 문을 열고 나가던 집이라는 것과 같은 얘기입니다. 시적 화자를 시인과 동일인으로 본다면 형의 아버님은 젊은 시절에 북간도를 떠돌다 "중년 넘어 타박한 길 공복으로 건너온 뒤" 형이 중학교에 들어가던 해, 즉 회갑 때쯤 돌아가신 것 같습니다. 몸이 불편해서 집안에서 주부가 하는 일을 했고 어머니가 나가서 일을 하신 게 아닌지요?

어머니는 일하러 가고
집에 남은 아버지 물메기국 끓이셨지
겨우내 몸 말린 메기들 꼬득꼬득 맛 좋지만
밍밍한 껍질이 싫어 오물오물 눈치 보다
그릇 아래 슬그머니 뱉어 놓곤 했는데
잠깐씩 한눈팔 때 감쪽같이 없어졌지

애야 어른 되면 껍질이 더 좋단다

맑은 물에 통무 한쪽
속 다 비치는 국그릇 헹구며
평생 겉돌다 온 메기 껍질처럼
몸보다 마음 더 불편했을 아버지

　　　　　　　　　—「아버지의 빈 밥상」에서

메기 껍질 같았던 아버님의 한스런 생애, 이 시 속의 일화를 저는 '사실'이라고 생각합니다. 아버님 생의 스토리가 집약되어 있는 시는 「미완의 귀향」일 터인데, 이 시에 대한 감상은 독자의 몫으로 돌려놓겠습니다. 시는 어느덧 어머니에 대한 이야기로 넘어갑니다. 경운기 타고 장난치다가 크게 다쳤을 때 상한 발 더 시릴라 몸뻬 속에 넣어 주던 어머니는 "생선 함지 하루 종일 다리품 팔아/ 남은 갈치 꼬리 모아 따순 저녁"(「어머니 핸드폰」)을 마련해 주셨지요. 물건방조어부림 제 2편은 아버지가 돌아가신 이후에 일어난 일을 갖고 쓴 것이 아닌가 싶습니다.

중학 마치고 대처로 공부 떠나자
머리 깎고 스님 된 어머니의 암자

논둑길 경중 뛰며 마당에 들어서다
꾸벅할까 합장할까 망설이던 절집

선잠 결 돌아눕다 어머니라 불렀다가
아니, 스님이라 불렀다가
— 「그 숲에 집 한 채 있네」에서

"저 송아지는/ 왜/ 안 팔아요?"라는 질문에 "아,/ 어미하고/ 같이 사야만 혀."(「저무는 우시장」)라고 답하는 것처럼 모자는 함께 살아야 하는데 아버지와의 사별과 출가한 어머니와의 심리적 이별은 형의 마음에 쓸쓸함이나 외로움은 물론, 세상의 예절과 종교의 경계 사이에서 갈등하게 했군요. 어머니 앞에서 "꾸벅"할 것이냐 "합장"할 것이냐는 갈등이야말로 속세와 탈속의 세계를 확연히 구분하는 것이 아닐는지요. 아마도 그래서 형은 시인이 되었을 것입니다. 시인은 언제나 그러한 경계에 서서 갈등하고 고민하는 숙명을 안은 존재이지요. 그 어머니가 핸드폰으로 들려주신 말 속에서는 동생에 대한 형의 사랑을 읽을 수 있습니다.

> 야야 춥고 힘들어도 그때만 하겠느냐
>
> 니 동생 준답시고 배급 빵 챙겼다가
>
> 흙 묻을라 바람 마를라 오매불망
>
> 신발주머니에 넣고 오던 그 맘만 있어도 견딜 테니
>
> ──「어머니 핸드폰」에서

군것질거리 흔하지 않던 그 시절, 배급 빵은 세상에서 제일 맛있는 것이었지요. 그것을 동생 주겠다고 신발주머니에 넣고 오던 아들의 마음이 이 세상의 온갖 어려움을 다 극복하게 할 거라고 어머니는 말씀해 주십니다. "이제는 잔가시 골라 건넬/ 어머니도 없구나"(「혼자 먹는 저녁」)라는 구절을 보니 어머니는 지금 이 세상에 계시지 않나 봅니다. 가족사 이야기는 제 가슴을 뭉클하게 합니다만 형의 세상

사에 대한 관심사도 저를 감동시킵니다.

　천 원짜리 한 장이면

　미얀마 소아마비 아이 다섯 구하고
　캄보디아 지뢰밭 삼분의 일 제곱미터 걷어 내고
　아프가니스탄 어린이 다섯 명에게 교과서와
　방글라데시 아이들 스무 명에게
　피 같은 우유 한 컵씩 줄 수 있고
　몽골 사막에 열 그루의 포플러를 심을 수 있다는데

　종로1가 커피빈 화사한 불빛 그늘
　반들반들 참기름 두른
　천 원짜리 김밥집에서
　연거푸 두 번이나
　천국의 문을 넘는
　나의 목구멍이여.

　　　　　　　　　　　　　　　—「김밥천국」

　우리 중 누가 김밥 두 줄을 먹으면서 미얀마의 소아마
비 아이와 아프가니스탄과 방글라데시의 가난한 아이들을
생각하겠습니까. 형은 그 아이들을 위해 헌금하지 않고 내
배를 채우는 일에 급급한 자신의 가슴을 치기도 하고, "중

동에서 이슬람 순례객 몇백 명이 깔려죽고/ 북핵 6자회담은 결렬 위기에 봉착했으며/ 뉴욕 월스트리트에선 성난 황소가 객장을 짓밟는다"는데 화자는 "신촌에서 신선설농탕 먹고/ 이대 후문 프린스턴스퀘어에서 미국 시를 읽다가/ 을지로 3가 양미옥에서 곱창 먹고/ 홍대 앞에서 캘리포니아 와인"(「네토피아 가상 제국」)을 마신다며 자책하기도 합니다. 이러한 반성적 사유는 세월호 사건을 무심히 보아 넘기게 하지 않습니다.

> 거기엔 없었다.
> 1852년 버큰헤이드호의 세튼 대령도
> 1912년 타이타닉호의 스미스 선장도 없었다.
> 뭍에서 3킬로미터밖에 안 되는 그곳에는
> 아무도 아무도 없었다.
> 헤아릴 수 없는 비극의 밑바닥에 못을 긁어
> 슬픔을 기록할 사람도 없었다.
> 젖은 빵을 씹던 가롯 유다의
> 흔적조차도 그곳엔.
>
> ──「성(聖)수요일의 참회」에서

예수를 은화 30세겔에 판 유다는 양심의 가책을 느껴 괴로워하다가 돈을 대사제들과 원로들에게 돌려주며 "내가 죄 없는 사람을 배반하여 그가 피를 흘리게 하였으니 나는 죄인입니다."라고 말하고는 결국 목을 맵니다. 우리네 세월호 사건 때는 선장과 선원이 학생들에게 배에서 잘 기다리고 있으라고 하고는 자기네들만 탈출을 감행했습니다. 이 사건을 접한 형은 "헤아릴 수 없는 비극의 밑바닥에 못을 긁어/ 슬픔을 기록할 사람도 없었다"고 개탄하고 있습니다. 우리 사회의 도덕불감증에 대한 비판은 결국 왜 우리는 남 탓만 하고 살아가는가 하는 뜻으로도 읽힙니다. 우리는 한 입으로 "혀를 놀려/ 죄 짓는 동안"또 한 입으로 "혀를 오므려/ 용서를 비는"(「거룩한 구멍」)데 "생각할 때마다/ 감았다 뜬 눈.// 그 사이 오므렸다 벌린/ 무수한 입."(「자기 앞의 생」)이 의미하는 것도 우리의 양심과 책임에 대한 질문이 아닌가 합니다.

자, 이제 다시 형의 고향마을 이야기를 들어보며 이 편지를 마무리 지을까 합니다.

　　　남해 서면 정포리 우물마을에서 보았다

　　　윗물과 아랫물이 서로 껴안고

　　　거룩한 몸이 되어 반짝이는 땅

　　　봄마다 다시 돋는 쑥뿌리 밑으로

　　　우렁우렁 물이 되어 함께 흐르며

　　　연초록 풀빛으로 피어나는 사람들.

　　　　　　　　　　　　　　　—「정포리 우물마을」에서

정포리 우물마을이라니 바다에서 가까운데도 깊은 우물이 있었나 봅니다. "윗물과 아랫물이 서로 껴안고/ 거룩한 몸이 되어 반짝이는 땅"에서 곡식을 심어 수확하던 사람들, 바다에 그물을 던져 고기를 낚던 사람들을 형은 "스스로 길이 되어 흐르는 사람들"이라고 했습니다. 그리고 이 시의 마지막 연을 보며 저는 지금 우리나라에 남아 있는 몇 안 되는 청정공간이 바로 정포리 우물마을이 아닐까 하는 생각을 해 봅니다.

저는 21세기에 들어 서정이 거의 다 죽어 버렸다고 생각해 왔습니다. 시를 읽고 연구하는 저 자신이 언어 실험실 속의 모르모트인가, 미로 학습을 하는 학동인가 하는 생각에 내심 우울했던 것이 사실입니다. 그런데 형의 시는 아직까지는 서정시가 이 땅에서 명운이 다한 것이 아님을 증명하고 있네요. 저 먼 『시경』의 「매화 열매를 던지며」나 유리왕의 「황조가」에서부터 시작된 서정시의 물결은 남해 앞바다까지 이어져 내려오고 있었던 것입니다. 형의 시가 많은 독자의 가슴에 철썩이는 남해 앞바다의 물결 소리로 남기를 바라면서 여기서 그만 펜을 거둬들여야겠습니다. 다시 또 물건방조어부림에 가서 물소리와 바람 소리를 들을 날을 꿈꾸면서.

지은이 　　　고두현

1963년 한려해상국립공원을 품은 경남 남해에서 태어났다. 유배 온 서포 김만중이 『사씨남정기』, 『서포만필』을 쓴 노도(櫓島) 자락에서 시인의 감성을 키웠다. 1993년 《중앙일보》 신춘문예에 「유배시첩-남해 가는 길」이 당선되어 등단했다. 잘 익은 운율과 동양적 어조, 달관된 화법을 통해 서정시 특유의 가락과 정서를 보여 줌으로써 전통 시의 품격을 높였다는 평가를 받는다. 《한국경제신문》 문화부 기자, 문화부장을 거쳐 현재 논설위원으로 일하고 있다. 시집 『늦게 온 소포』, 『물미해안에서 보내는 편지』를 비롯해 시 산문집 『시 읽는 CEO』, 『옛 시 읽는 CEO』, 『마흔에 읽는 시』, 『마음필사』, 『사랑, 시를 쓰다』와 엮은 책 『시인, 시를 말하다』가 있다. 시와시학 젊은시인상을 수상했다.

달의 뒷면을 보다

1판 1쇄 펴냄　2015년 10월　5일
1판 3쇄 펴냄　2015년 11월 17일

지은이　고두현
발행인　박근섭, 박상준
펴낸곳　(주)민음사

출판등록　1966. 5.19. (제16-490호)
서울특별시 강남구 도산대로1길 62(신사동)
강남출판문화센터 5층 (우편번호 06027)
대표전화 515-2000 / 팩시밀리 514-3249
www.minumsa.com

ISBN 978-89-374-0835-9 04810
　　　978-89-374-0802-1 (세트)

민음의 시
목록